A menina com a lagartixa

OBRAS DO AUTOR PUBLICADAS PELA RECORD

O leitor
A menina com a lagartixa
O outro
A volta para casa

BERNHARD SCHLINK

A menina com a lagartixa

Tradução de
Marcelo Backes

EDITORA RECORD
RIO DE JANEIRO • SÃO PAULO
2010

CIP-BRASIL. CATALOGAÇÃO-NA-FONTE
SINDICATO NACIONAL DOS EDITORES DE LIVROS, RJ

Schlink, Bernhard
S37m A menina com a lagartixa / Bernhard Schlink; tradução de Marcelo Backes. – Rio de Janeiro: Record, 2010.

Tradução de: Das Mädchen mit der Eidechse
ISBN 978-85-01-08831-4

1. Romance alemão. I. Backes, Marcelo. II. Título.

10-0279 CDD: 833
CDU: 821.112.2-3

Título original alemão:
Das Mädchen mit der Eidechse

Direitos exclusivos de publicação em língua portuguesa somente para o Brasil adquiridos pela
EDITORA RECORD LTDA.
Rua Argentina 171 – Rio de Janeiro, RJ – 20921-380 –
Tel.: 2585-2000
que se reserva a propriedade literária desta tradução

Impresso no Brasil

ISBN 978-85-01-08831-4

1

O quadro mostrava uma menina com uma lagartixa. As duas se olhavam, mas não se viam; a menina olhava para a lagartixa com um olhar sonhador, a lagartixa para a menina com olhos vazios, brilhantes. Por ter seus pensamentos em outro lugar, a menina estava tão quieta que também a lagartixa havia se imobilizado no rochedo coberto de musgo, sobre o qual a menina apoiava os braços, deitada de bruços. A lagartixa levantava a cabeça e mostrava a língua.

— Menina judia — dizia a mãe do garoto quando falava da menina do quadro. Quando os pais brigavam, e o pai se levantava para se retirar ao seu escritório, onde o quadro estava pendurado, ela gritava atrás dele: — Vai logo para a sua menina judia! — Ou perguntava: — O quadro com a menina judia tem mesmo de ficar pendurado aí? Será que o garoto terá mesmo de ficar dormindo debaixo do quadro com a menina judia? — O quadro estava pendurado acima do sofá, sobre o qual o garoto era obrigado a fazer sua sesta, enquanto o pai lia jornal.

Ele ouviu o pai esclarecer à mãe mais de uma vez que a menina não era uma menina judia. Que o barrete de seda vermelha que ela usava na cabeça, apertado fortemente aos cachos castanhos e cheios que quase lhe tapavam o rosto, não era um atributo religioso nem folclórico, e sim um acessório da moda.

— Era assim que as meninas se vestiam na época. Além do mais, eram os homens e não as mulheres que usavam esse tipo de barrete entre os judeus.

A menina vestia uma saia vermelho-escura e, sobre uma blusa amarelo-clara, uma peça amarelo-escura, semelhante a um corpete atado folgadamente às costas. Grande parte de sua roupa e de seu corpo estava oculta pelo rochedo sobre o qual a menina deitava seus braços pequenos e arredondados e apoiava seu queixo. Ela poderia ter uns oito anos. O rosto era um rosto de criança. Mas o olhar, os lábios cheios, os cabelos que se encaracolavam à testa, caindo sobre as costas e os ombros, não eram infantis, mas sim femininos. A sombra que os cabelos jogavam sobre as bochechas e as têmporas era um mistério, e a escuridão da manga afofada, dentro da qual sumia o braço nu, uma tentação. O mar, que se estendia atrás do rochedo e de uma faixa estreita de areia até o horizonte, lançava ondas pesadas à praia, e através das nuvens escuras a luz do sol irrompia fazendo com que uma parte do mar brilhasse e o rosto e os braços da menina resplandecessem. A natureza transpirava paixão.

Ou era tudo ironia? A paixão, a tentação, o mistério e a mulher escondida na criança? Era ironia o motivo que fazia a imagem não apenas fascinar o garoto, mas também perturbá-lo? Ele ficava perturbado muitas vezes. Ficava perturbado quando os pais brigavam, quando a mãe fazia suas perguntas afiadas e o pai fumava seus cigarros e lia jornal, querendo parecer descontraído e assumindo um ar superior, enquanto o clima do escritório se mostrava tão carregado a ponto de o garoto não ter coragem de se mexer e quase nem mesmo de respirar. E os discursos sarcásticos da mãe acerca da menina judia eram perturbadores. O garoto não tinha a menor ideia sobre o que era uma menina judia.

2

De um dia para outro, sua mãe parou de falar da menina judia, e seu pai, de levá-lo para o escritório, a fim de que fizesse a sesta. Por algum tempo, ele teve de dormir no quarto e na cama nos quais também dormia à noite. E, depois disso, acabou passando até mesmo o tempo da sesta. Ele estava alegre. Tinha 9 anos, e à tarde era obrigado a ficar deitado mais tempo que qualquer um de seus colegas de aula ou de brincadeiras.

Mas a menina com a lagartixa lhe fazia falta. E ele sempre dava um jeito de se enfiar no escritório do pai para olhar o quadro e falar a sós com a menina por um momento. Ele cresceu rápido naquele ano; primeiro seus olhos ficaram à altura da moldura grossa e dourada, em seguida, à altura do rochedo, e mais tarde, à mesma altura dos olhos da menina.

Era um garoto forte, de compleição robusta e membros grandes e ossudos. E a falta de jeito de seu corpo em crescimento não tinha nada de comovente, mas sim algo de ameaçador. Seus colegas tinham medo dele, mesmo quando os ajudava nas brincadeiras, brigas e disputas. Era um excluído. E sabia disso. Mas não sabia que o que fazia dele um excluído era seu aspecto exterior, seu tamanho, sua compleição e sua força. Pensava que era o mundo interior, com o qual e no qual vivia. Nenhum colega dividia esse mundo com ele. E, ademais, não convidava nenhum deles a dividi-lo. Fosse ele uma criança delicada, talvez tivesse achado companheiros de brincadeiras e de segredos entre as outras crianças delicadas. Mas justamente essas é que se sentiam intimidadas diante dele.

Seu mundo interior não era povoado apenas por figuras com as quais ele entrava em contato através da leitura, ou via em quadros ou filmes, mas também por pessoas do mundo exterior, entretanto de feições bem diferenciadas. Sentia quando por trás daquilo que o mundo exterior mostrava havia ainda outra coisa, que ele não mostrava. Que sua professora de piano não dizia tudo, que a amabilidade do médico da família não era genuína, que uma criança vizinha, com a qual brincava de vez em quando, escondia alguma coisa — ele o sentiu bem antes de as roubalheiras da criança ou o amor do médico por garotinhos ou a doença da professora se tornarem públicos. O que exatamente não se revelava ele também não conseguia sentir melhor ou mais rápido do que os outros. E nem fazia questão de senti-lo mais detidamente. Preferia inventar alguma coisa consigo mesmo, e o que inventava sempre era mais colorido e excitante do que a realidade.

A distância entre seu mundo interior e seu mundo exterior correspondia à distância entre sua família e as outras pessoas, que o garoto percebia muito bem. Ainda que o pai, um juiz no tribunal da cidade, tivesse seus pés bem firmes no chão. O garoto via que o pai se alegrava com a importância e a visibilidade de sua posição, que gostava de tomar parte à mesa cativa das autoridades locais, de ter influência sobre a política da cidade e de se eleger presbítero da comunidade eclesial. Os pais também participavam da vida social da cidade. Iam ao baile de carnaval e ao baile do ano, eram convidados e convidavam para jantares. Os aniversários do garoto eram festejados, conforme deveria ser, com cinco convidados para o aniversário de 5 anos, seis para o de 6 anos e assim por diante. Aliás, tudo era conforme deveria ser, segundo o distanciamento e a formalidade recomendados pelos anos 1950.

O que o garoto sentia como sendo a distância entre sua família e as outras pessoas não era essa formalidade e esse distanciamento, mas outra coisa. Tinha a ver com o fato de que também os pais pareciam não dizer tudo ou esconder alguma coisa. Eles estavam sempre com um pé atrás. Quando era contada uma piada, não riam de imediato, mas esperavam até que os outros rissem. No concerto e no teatro, apenas batiam palmas quando os outros batiam. Nas conversas com convidados não revelavam sua opinião antes que outros expusessem a mesma opinião e eles pudessem secundá-la. Por vezes, o pai não conseguia fugir à necessidade de assumir uma posição ou expor sua opinião. Nesses casos, ele sempre parecia constrangido.

Ou seria o pai apenas discreto, e não queria se intrometer nem ser abusado? O garoto se fez a pergunta quando ficou mais velho, e logo identificou conscientemente a cautela de seus pais. Ele também se perguntava o que significava a insistência dos pais em manter seu espaço próprio e privado. Ele era proibido de botar os pés no quarto dos pais, e mesmo criança não podia entrar nele. No entanto, os pais não trancavam o quarto. Mas sua proibição era inequívoca e sua autoridade inconteste — de qualquer modo, quando tinha 13 anos, certo dia em que os pais não estavam em casa, o garoto abriu a porta e viu duas camas, separadas uma da outra, dois criados-mudos, duas cadeiras, um armário de madeira e outro de metal. Por acaso os pais queriam esconder que não compartilhavam a mesma cama? Ou queriam lhe ensinar o valor da privacidade e do respeito? Eles, pelo menos, não entravam em seu quarto sem antes bater e esperar pela permissão do filho.

3

Entrar no escritório do pai não era proibido ao garoto. Ainda que, com o quadro da menina com a lagartixa, ele escondesse um mistério.

Quando estava no terceiro ano ginasial, o professor havia ordenado aos alunos que descrevessem um quadro como dever de casa. A escolha do quadro era livre.

— Tenho de trazer à aula o quadro que vou descrever? — perguntou um dos alunos.

O professor acenou que não.

— Quero que vocês descrevam o quadro tão bem a ponto de conseguirmos visualizá-lo durante a leitura.

O garoto desde logo soube que descreveria o quadro da menina com a lagartixa. E se alegrou com isso; com a contemplação meticulosa do quadro, com a transposição do quadro em palavras e frases, com a apresentação do quadro por ele descrito diante do professor e dos colegas. E também se alegrou com o fato de poder se sentar no escritório do pai. Este dava para um pátio estreito, a luz do dia e os ruídos da rua eram velados, as paredes estavam lotadas de estantes e livros, e o cheiro dos charutos fumados pairava, picante e severo, no ambiente.

O pai não fora almoçar em casa, a mãe saíra para a cidade logo após a refeição. O garoto não precisou pedir permissão de ninguém, sentou-se no escritório paterno, olhou e escreveu. "No quadro pode ser visto o mar, à frente dele a praia, e mais em frente um rochedo ou uma duna, e aí em cima uma menina e uma lagartixa." Não, o professor dissera que a descrição de um quadro tinha de começar pelo primeiro plano, passar pelo plano central, para só ao fim chegar ao plano de fundo.

"No primeiro plano do quadro há uma menina e uma lagartixa sobre um rochedo ou uma duna, no plano central há uma praia, e do plano central em direção ao plano de fundo está o mar." Está o mar? Se ondeia o mar? Mas o mar não se ondeia do plano central ao plano de fundo. E plano central ainda por cima soa horrível, sendo que primeiro plano e plano de fundo também não parecem muito melhor. E a menina... É tudo? Isso é tudo que pode ser dito sobre a menina?

O garoto começou de novo. "No quadro há uma menina. Ela olha uma lagartixa." Também isso ainda não era tudo o que podia ser dito sobre a menina. O garoto continuou. "A menina possui um rosto pálido e braços brancos, cabelos castanhos, na parte de cima veste algo claro e na parte de baixo uma saia escura." Mas também com isso ele não estava satisfeito. E tomou novo impulso. "No quadro uma menina contempla uma lagartixa que toma sol." Isso procede? A menina realmente contempla a lagartixa ou olha para muito além dela, através dela? O garoto vacilou. Mas então a coisa já lhe era indiferente. Pois na primeira, emendou a segunda frase. "A menina é linda." A frase era correta, e com ela também a descrição passou a estar correta.

"No quadro uma menina contempla uma lagartixa que toma sol. A menina é linda. Ela tem um rosto fino com uma testa lisa, um nariz reto e uma leve fissura no lábio superior. Tem olhos castanhos e cachos castanhos. Na verdade o quadro é apenas a cabeça da menina. Todo o resto não é tão importante. Se bem considerarmos, há também a lagartixa, o rochedo ou a duna, a praia e o mar."

O garoto estava satisfeito. Agora ele precisava apenas dividir tudo em primeiro plano, plano central e plano de fundo. Sentiu orgulho do "se bem considerarmos". Soava elegante e adulto. Ele sentia orgulho da beleza da menina.

Quando ouviu seu pai abrir a porta da casa, ficou sentado. Escutou-o apoiar sua pasta, tirar o sobretudo e pendurá-lo, olhar na cozinha e na sala, e bater na porta de seu quarto.

— Eu estou aqui — ele chamou, e colocou as folhas de rascunho exatamente sobre o caderno e a caneta-tinteiro ao lado. Era assim que o pai organizava os processos, folhas e lápis sobre sua escrivaninha.

— Estou sentado aqui porque temos de fazer a descrição de um quadro, e eu estou descrevendo este quadro aqui. — Mal a porta se abrira, ele já começara a falar.

O pai precisou de um momento:

— Que quadro? O que você está fazendo?

O garoto esclareceu tudo mais uma vez. Ao ver o pai parado ali, assim, olhando para o quadro e para ele, com a testa franzida, percebeu que fizera alguma coisa errada.

— Por você não estar aqui, pensei que...

— Você escolheu... — O pai falou com voz apertada, e o garoto pensou que logo a voz mudaria e passaria a berrar, e se encolheu. Mas o pai não gritou. Ele balançou a cabeça, e sentou-se sobre a cadeira giratória entre a escrivaninha e a mesa que lhe servia de arquivo para seus processos, em cujo lado oposto estava sentado o garoto. Atrás do pai, acima da escrivaninha, estava pendurado o quadro. O garoto não ousara sentar à escrivaninha.

— Você gostaria de ler para mim o que escreveu?

O garotou leu, orgulhoso e intimidado ao mesmo tempo.

— Escreveu muito bem, meu filho. Consegui visualizar o quadro perfeitamente. Mas... — e ele hesitou —, isso não é para os outros. Para os outros, você deveria descrever outro quadro.

O garoto estava tão feliz pelo fato de o pai não ter gritado, mas sim conversado com ele, cheio de confiança e carinho, que estava pronto a tudo. Mas não entendia.

— Por que este quadro não é para os outros?

— Você também não guarda algumas coisas apenas para você? Gostaria de estar com seus amigos em todas as coisas que faz? Os outros são invejosos, por isso não devemos mostrar os tesouros que temos. Ou ficam tristes por não possuírem o que você possui, ou passam a cobiçar o que tem, querem tirá-lo de você.

— E esse quadro é um tesouro?

— Isso você mesmo é quem deve saber. Você o descreveu de um jeito tão bonito como só os tesouros podem ser descritos.

— Quero dizer, ele tem tanto valor a ponto de poder causar inveja aos outros?

O pai se voltou para a parede e olhou o quadro.

— Sim, ele tem muito valor, e eu não sei se poderia protegê-lo caso os outros quisessem roubá-lo. Nesse caso, não seria melhor que eles nem soubessem que nós o possuímos?

O garoto assentiu.

— Venha, vamos olhar um livro de pinturas, por certo encontraremos alguma que agrade a você.

4

Quando o garoto completou 14 anos, o pai largou a carreira de juiz e assumiu um emprego em uma empresa de seguros. Ele não fez aquilo com gosto — o garoto percebeu bem, ainda que o pai não tenha se queixado. O pai também não esclareceu por que trocou de profissão. O garoto só veio a descobri-lo anos mais tarde. Em consequência da mudança, a casa também foi trocada por uma menor. Ao invés do andar senhoril em uma casa guilhermina de quatro andares, na cidade, eles agora moravam em um dos 24 apartamentos de um prédio alugado no subúrbio, financiado por um programa de habitação social e construído segundo suas normas. Os quatro ambientes eram pequenos, o pé-direito era baixo e os ruídos e cheiros dos apartamentos vizinhos onipresentes. Pelo menos eram quatro ambientes; ao lado da sala, do quarto dos pais e do quarto do garoto, o pai tinha um escritório. E para lá se retirava à noite, ainda que já não trouxesse mais processos para examinar.

— Você também pode beber na sala — o garoto ouviu a mãe dizendo ao pai certa noite —, e talvez você bebesse menos se fosse capaz de trocar uma frase comigo.

Também as relações dos pais mudaram. Os jantares, noites de damas e cavalheiros, nas quais o garoto abria a porta aos convidados, pegando seus sobretudos, já não aconteciam mais. Ele sentia falta daquela atmosfera, quando a mesa da sala de jantar estava coberta de porcelana branca, e ornamentada com candelabros de prata, e os pais organizavam taças, biscoitos, charutos e cinzeiros, já de ouvidos concentrados no primeiro toque da campainha.

Ele sentia falta também de um ou outro dos amigos de seus pais. Alguns sempre perguntavam como é que ele estava indo na escola e quais eram seus principais interesses, e, no encontro seguinte, ainda sabiam o que ele havia respondido, emendando outra pergunta ao assunto. Um cirurgião discutira com ele a operação de ursos de pelúcia, e um geólogo falara de erupções vulcânicas, terremotos e dunas migrantes. Em especial, ele sentia falta de uma amiga dos pais. Diferente de sua mãe, que era magra, nervosa e distraída, ela tinha as formas mais arredondadas, e era de temperamento mais alegre. Quando era bem mais novo, ela o havia aconchegado debaixo de seu sobretudo de pele, envolvendo-o no brilho acariciante do forro sedoso e no cheiro subjugante de seu perfume de mulher. Mais tarde, ela zombava das conquistas que ele não fazia, das namoradas que ele não tinha — e isso o embaraçava e o deixava orgulhoso ao mesmo tempo, e quando, algumas vezes, ela ainda o puxava brincando para junto de si e envolvendo a ambos com o sobretudo de pele, ele desfrutava a maciez de seu corpo feminino.

Demorou a virem novos convidados. Eram vizinhos, colegas de seguradora do pai, e colegas da mãe, que entrementes passara a trabalhar no distrito policial como escrivã. O garoto percebeu que os pais estavam inseguros; eles queriam se encontrar em seu novo mundo sem negar o antigo, e eram sempre ou demasiado impassíveis ou demasiado íntimos.

Também o garoto teve de se adaptar. Os pais fizeram com que ele mudasse do antigo ginásio, que se localizava a poucos passos da antiga casa, a um ginásio novo, mais uma vez não muito distante da nova moradia. E, assim, também as suas relações mudaram. Na nova classe, o tom era mais rude, e ele se sentia menos excluído do que na antiga. Durante um ano, continuou indo às aulas de sua professora de piano, nas proximidades da casa antiga. Mas logo depois seus pais acharam seus progressos no piano tão desprezíveis que finalizaram as aulas e venderam o piano.

Ele considerava preciosas as viagens de bicicleta até a professora de piano, porque faziam-no passar diante da antiga moradia e da casa vizinha, onde morava uma menina, com a qual ele havia brincado de vez em quando, e caminhavam juntos um bom pedaço do trecho que os separava da escola. Ela tinha cabelos cacheados, ruivos e densos, que lhe caíam sobre os ombros, e um rosto cheio de sardas. Ele passava devagar diante da casa da menina com a esperança de vê-la saindo, de vê-la fazer-lhe um cumprimento, e então ele a acompanharia, empurrando a bicicleta a seu lado, e bem naturalmente eles acabariam voltando a se encontrar com regularidade. Nem mesmo marcariam encontros, na verdade, mas apenas dariam a entender onde ela estaria em determinada hora e ele também. Para um encontro marcado, ela ainda era demasiado jovem.

Mas ela jamais saiu enquanto ele passava em frente à casa dela.

5

É um engano acreditar que as pessoas se resignam a tomar decisões vitais apenas quando se tornam ou já são adultas. Crianças se envolvem com a mesma decisão dos adultos no que diz respeito a determinadas ações e modos de viver. Elas nem sempre persistem em suas decisões, mas também os adultos costumam jogar suas decisões mais vitais às favas.

Depois de um ano, o garoto resolveu ser alguém na nova classe, entre suas novas relações. Não teve dificuldades em impor respeito com sua força, e, uma vez que era também sensato e imaginativo, em pouco tempo fazia parte dos que realmente importavam na hierarquia escolar, que tanto na sua quanto em qualquer outra classe era definida através de uma mistura difusa de força, atrevimento, humor e patrimônio dos pais. E esses critérios contavam também entre as meninas, não apenas entre as da própria escola, na qual não havia meninas, mas no ginásio feminino algumas ruas adiante.

O garoto não se apaixonou. Ele procurou uma que valia alguma coisa, que era atrativa a ponto de ser desafiadora, não tinha papas na língua, era conhecida por suas experiências com outros garotos e mesmo assim difícil de ser conquistada. Ele se impôs diante dela pela força, pelo respeito que gozava e pelo fato de isso não ser tudo. O que havia além disso, ela não sabia, mas era algo que ela não havia encontrado em outros e gostaria de ver e de possuir. Ele percebeu, e de quando em quando deixava entrever o fato de que possuía tesouros que não mostrava com facilidade, mas que talvez mostrasse a ela, caso... Caso ela fosse com ele? Caso ela se agarrasse com ele? Caso ela dormisse com ele? Ele mesmo não sabia muito bem. A conquista aberta, à qual ela cedia mais e mais, era mais interessante, mais compensatória, mais prestigiosa do que aquilo que realmente acontecia entre eles dois. Passar com os amigos, depois do fim das aulas, diante do ginásio feminino, onde ela de vez em quando se escorava às grades de ferro com suas amigas e, naturalmente, botar o braço em volta dela, ou, quando o time dela disputava uma partida de handebol, acenar e vê-la atirando um beijo de volta, ou ir com ela à piscina, passeando sobre a grama, respeitado e admirado — isso sim é que era interessante.

Quando eles enfim dormiram juntos foi uma catástrofe. Ela tinha experiência suficiente a ponto de alimentar expectativas, mas experiência escassa demais para saber lidar com a falta de jeito dele. Ele não tinha a certeza do amor, que compensa a falta de jeito da primeira vez. Quando, depois de a piscina ter sido fechada e os guardas já estarem fazendo suas rondas, estavam juntos atrás das moitas perto da cerca, tudo pareceu falso a ele de repente, os beijos, os carinhos, o desejo. Nada estava certo. Havia traição em tudo que ele amava e havia amado... Lembrou-se de sua mãe, da amiga com o sobretudo de pele, da vizinha de cachos ruivos e sardas, e da menina com a lagartixa. Quando tudo havia passado, os embaraços no trato com o preservativo, seu orgasmo demasiado rápido, suas tentativas desajeitadas que apenas a incomodavam, de fazer chegá-la ao gozo com a mão, ele se aninhou junto dela — procurou consolo junto dela para o seu fracasso. Ela se levantou, se vestiu e foi.

Ele ficou deitado, encolhido, fixando os olhos no tronco da touceira debaixo da qual estava deitado; sobre a folhagem do ano anterior, suas roupas e a malha da cerca. Escureceu. Ele continuou deitado mesmo quando passou a sentir frio; parecia-lhe que conseguiria resfriar a companhia dela, os atos da conquista, as lutas vaidosas dos últimos meses assim como se consegue ressudar uma doença. Por fim, ele se levantou e atravessou a piscina imensa nadando algumas vezes.

Quando chegou em casa, à meia-noite, a porta que dava para o escritório iluminado se encontrava aberta. O pai estava deitado sobre o sofá; cheirava a álcool e roncava. Uma estante havia desmoronado, e as gavetas da escrivaninha haviam sido arrancadas e esvaziadas; o chão estava lotado de livros e papéis. O garoto certificou-se de que o quadro não estava danificado, apagou a luz e fechou a porta.

6

Quando estava para concluir os estudos escolares e apenas esperava pela entrega do certificado, viajou até a grande cidade vizinha. Demorou uma hora e meia para percorrer o trajeto de trem, numa viagem que poderia ter feito a qualquer hora daqueles anos todos, fosse para ir a um concerto, ao teatro ou a alguma exposição, mas não fizera. Seus pais o levaram junto uma vez, quando ainda era bem pequeno, e haviam lhe mostrado a igreja, a prefeitura, o tribunal e o grande parque no centro da cidade.

Depois da mudança, os pais não viajaram mais, nem com ele nem sem ele, e de viajar sozinho ele nem sequer teve a ideia. Mais tarde, já não podia mais se dar ao luxo de fazê-lo. O pai perdeu seu emprego por causa da bebida e o garoto teve de, além de ir à aula, trabalhar para ganhar dinheiro e ajudar nas despesas da casa. Agora que logo deixaria a cidade, assim que tivesse terminado o colégio, ele começou a abandonar interiormente os pais à própria sorte. E aquilo que ganhava agora também queria gastar.

Não chegou a procurar o museu de arte moderna, mas o encontrou por acaso. Entrou porque o prédio o fascinou, uma mistura estranha de simplicidade moderna de um lado, com a sobriedade impassível de um arranha-céu do outro, e divertimentos cafonas nas portas e sacadas. A coleção ia dos impressionistas aos "Novos Selvagens", e ele olhava para tudo com a devida atenção, mas mostrando pouco envolvimento. Até que deu de cara com o quadro de René Dalmann.

Na praia, era o título do quadro, e mostrava um rochedo, areia e mar, e sobre o rochedo uma menina de ponta-cabeça sobre as mãos, nua e bela, mas uma de suas pernas era de madeira, não uma perna de madeira, mas uma perna de mulher perfeita, com veios de madeira. Não, ele não reconhecia a menina com a lagartixa na menina de ponta-cabeça, nem sequer podia dizer que se tratava do mesmo rochedo, da mesma praia e do mesmo mar. Mas tudo lembrava com tanta força o quadro no escritório de seu pai, que ele comprou um cartão-postal na saída e, se tivesse mais dinheiro, teria comprado um livro sobre René Dalmann. Quando fez a comparação, já em casa, teve noção exata das diferenças entre o quadro e o cartão-postal. E mesmo assim havia alguma coisa que unia os dois — será que ela estava em seu próprio olho contemplativo ou nas imagens em si?

— O que é que você tem aí? — Seu pai veio ao quarto e tentou pegar o cartão-postal.

O garoto desviou a mão, fazendo com que o pai agarrasse o vazio.

— Quem foi que pintou o quadro?

O olhar do pai se fez cauteloso. Ele havia bebido e mostrava a mesma cautela com a qual reagia à rejeição e ao desprezo que a mulher e o filho costumavam demonstrar em relação a ele quando estava bêbado. Medo dele, eles já não tinham mais há muito tempo.

— Eu não sei... Por quê?

— Por que não vendemos o quadro, se ele tem tanto valor?

— Vender? Nós não podemos vender o quadro! — O pai colocou-se em pé diante do quadro, como se tivesse de protegê-lo do filho.

— E por que não podemos?

— Por que aí não teríamos mais nada. E você não receberá nada quando eu não existir mais. Para você é que mantemos o quadro, para você. — O pai, feliz com o argumento, que por certo convenceria o filho, repetiu-o mais uma vez e uma vez mais. — Sua mãe e eu nos viramos do avesso para que um dia o quadro seja seu. E o que é que eu recebo de você? Ingratidão, nada mais que ingratidão.

O garoto deixou o pai soluçante em pé, sozinho, e esqueceu o acontecido, o quadro do museu e René Dalmann. Além do emprego no depósito da fábrica de tratores, trabalhou também de garçom, e continuou nas duas atividades até o início do semestre, para então fazer seus estudos universitários o mais longe possível. A cidade na costa do mar Báltico era feia, e a universidade, medíocre. Mas nada o lembrava de sua cidade natal, no sul, e, nas primeiras semanas de estudo, constatou, aliviado, que não encontrava ninguém conhecido em suas aulas de direito, no restaurante universitário ou nos corredores dos prédios que frequentava. Poderia começar tudo de novo.

Na viagem, fizera uma parada. Tinha apenas algumas horas para andar pela cidade junto ao rio. O fato de ter chegado diante do museu, mais uma vez foi coincidência. Mas, já dentro do museu, não deixou nada por conta do acaso e perguntou logo pelos quadros de René Dalmann; encontrou dois. *Depois da guerra a ordem* tinha um metro e meio de largura por dois de altura, e mostrava uma mulher sentada no chão, de cabeça inclinada para a frente, pernas encolhidas e braço esquerdo apoiado. Com a mão direita, ela fechava uma gaveta em seu baixo-ventre, e também seu peito e sua barriga eram gavetas, uma delas com as auréolas dos seios, a outra com o umbigo, no papel de puxadores. A gaveta do peito e a da barriga estavam levemente abertas e vazias, na gaveta do baixo-ventre havia um soldado morto, desconjuntado e mutilado. O outro quadro chamava-se *Autorretrato como mulher*, e mostrava o busto de um homem jovem calvo rindo; debaixo de seu casaco preto, fechado até em cima, desenhava-se um par de seios, e com a mão esquerda ele segurava uma peruca de cachos louros para o alto.

Desta vez, ele comprou um livro sobre René Dalmann, e, durante a viagem de trem, leu sobre a infância e a juventude do artista nascido em Estrasburgo no ano de 1894. Os pais, um comerciante têxtil que se mudara de Leipzig para Estrasburgo e sua esposa alsaciana vinte anos mais jovem, haviam desejado uma filha; eles já tinham dois filhos homens, e uma filha nascida depois destes havia morrido dois anos antes, após o pai tê-la levado numa cavalgada de inverno na qual ela acabara pegando pneumonia. René crescera à sombra dessa irmã morta até que, em 1902, nasceu a segunda filha tão desejada — libertação e humilhação ao mesmo tempo. Ele desenhava e pintava desde cedo, não ia bem na escola, e, com 16 anos, se candidatou com sucesso à Academia de Artes de Karlsruhe.

Então a viagem chegou ao fim. Ele encontrou um quarto, uma mansarda com fogão de lenha e janela pequena; o banheiro, com uma pia diminuta, ficava a meio andar, nas escadarias. Mas ele estava por sua conta. Instalou-se como pôde, e dispôs o livro sobre René Dalmann, assim como os outros livros favoritos que trouxera, na parte inferior da estante. Na parte superior, haveria espaço livre para os novos livros, para a nova vida. Nada daquilo que lhe era caro ele deixara em casa.

7

Seu pai faleceu no terceiro ano de seus estudos. Conforme acontecia cada vez mais frequentemente nos últimos anos, fora ao bar e, a caminho de casa, bêbado, tropeçara, rolando barranco abaixo. Ficou deitado ali até morrer de frio. A participação no enterro foi sua primeira volta para casa desde que partira para estudar. Era janeiro, o vento estava frio e cortante, as poças de água no caminho da capela do cemitério ao túmulo estavam congeladas e a mãe, depois de ter escorregado e quase caído, deixou que o filho a tomasse pelo braço, coisa que antes havia recusado. Não queria perdoá-lo por não tê-los visitado por tanto tempo.

Em casa, havia sanduíches e chá para os poucos vizinhos que os acompanharam ao cemitério. Quando ela percebeu que os convidados procuravam bebidas alcoólicas com os olhos, ela se levantou e disse:

— Quem está ofendido porque não lhe ofereço uma cerveja ou uma cachaça, pode ir embora agora mesmo. Nesta casa já se bebeu o suficiente.

À noite, mãe e filho foram ao escritório do pai.

— Acho que são apenas livros jurídicos. Você quer ficar com eles? Precisa deles? O que você não levar eu jogarei fora.

Ela o deixou sozinho. Ele olhou a biblioteca, da qual o pai tinha tanto orgulho. Livros que há muito tempo já existiam em novas edições, revistas, cuja assinatura fora cancelada há anos. O único quadro era aquele da menina com a lagartixa; diferentemente do que acontecia na casa antiga, onde dispunha da grande parede atrás da escrivaninha apenas para si, aqui o quadro estava pendurado entre as estantes, e mesmo assim dominava o ambiente inteiro.

Ele quase bateu a cabeça no teto rebaixado, baixou os olhos em direção à menina e se lembrou da época em que a encarava, olho no olho. Pensou nas árvores de natal que no passado eram grandes e hoje eram bem menores. Mas então pensou que o quadro não havia ficado menor, que não perdera nada de sua força e estava longe de cativá-lo menos do que antes. E pensou na menina pequena do prédio em que ele morava no sótão, e corou. "Princesa", ele a chamara, e ambos flertaram um com o outro, e, quando ela perguntara a ele se não queria mostrar sua mansarda a ela, ele reunira todas as forças de sua vontade e dissera não. Ela perguntara com toda inocência. Mas uma vez que queria receber o que ele não queria dar, ela se mostrou tão coquete, demonstrou tal sedução na postura, no olhar e na voz que ele esteve perto de esquecer a inocência.

— Não quero os livros de papai. Mas vou ligar para um sebo amanhã. Ele pagará a você algumas centenas de marcos, talvez até mil, por eles. — E ele se sentou na cozinha, à mesa, junto de sua mãe. — O que você pretende fazer com o quadro?

Ela dobrou o jornal que estava lendo. Seus movimentos continuavam nervosos e distraídos e evidenciavam alguma coisa juvenil. Ela já não era mais magra, mas sim seca, e a pele se esticava sobre os ossos de seu rosto e de suas mãos. Seu cabelo estava quase branco.

De repente, ele se sentiu cheio de compaixão e carinho.

— O que você pretende fazer de você mesma? — Ele perguntou com suavidade, e quis colocar sua mão sobre a mão dela, mas ela a recolheu.

— Vou me mudar daqui. Construíram alguns prédios com terraço na ladeira, e eu comprei um conjugado. Não preciso mais do que um lugar para dormir.

— Comprou?

Ela olhou para ele com hostilidade.

— Eu juntei a aposentadoria de papai e meu salário em uma conta conjunta, e o mesmo que ele gastava para beber eu recolhia para mim. Tem alguma coisa a dizer contra isso?

— Não. — Ele riu. — Em dez anos papai bebeu um apartamento?

A mãe riu junto com ele.

— Não bem um apartamento. Mas em todo caso mais do que poupei para pagar a entrada.

Ele hesitou.

— Por que você ficou com papai?

— Que pergunta. — Ela sacudiu a cabeça. — Por um tempo você até é capaz de escolher. Se quer fazer isto ou aquilo, viver com esta ou com aquela pessoa. Mas um dia a atividade e a pessoa escolhida se tornam sua vida, e por que você fica com sua vida é uma pergunta bastante idiota. Mas você perguntou pelo quadro. Não penso em fazer nada com ele. Você pode levá-lo consigo ou ao banco, se é que o banco tem cofres tão grandes.

— Não vai me dizer o que há com o quadro, sua importância?

— Ah, meu filho... — Ela olhou para ele, triste. — Não quero. Acho que seu pai sentiu orgulho do quadro até o fim. — Ela sorriu, cansada. — Ele gostaria tanto de ter visitado você, de ter visto você, de saber como você estava em seus estudos de direito, mas ele jamais se atreveu a tanto. Você nunca nos convidou. Sabe de uma coisa, vocês, os filhos, não são menos cruéis do que nós, os pais, fomos. Vocês são apenas mais presunçosos, e isso é tudo.

Ele quis protestar, mas imaginou que ela talvez tivesse razão.

— Lamento — ele disse, desviando-se do assunto.

Ela se levantou.

— Dorme bem, meu garoto. Amanhã cedo, às sete, já estarei fora de casa. Quando você tiver dormido o bastante e for viajar, não esqueça de levar o quadro.

8

Na mansarda o quadro ficou pendurado sobre sua cama. A cama estava encostada à parede, no lado esquerdo; no lado direito, ficavam o armário e a estante, e, em frente, debaixo da claraboia, a escrivaninha.

— Sou parecida com ela. Quem ela é? — Quem lhe perguntou foi uma estudante que já lhe agradava desde o primeiro semestre. Por causa de sua semelhança com a menina? Ele não tivera a menor consciência disso.

— Não sei quem ela é. Se é que ela é de fato alguém. — Ele quis prosseguir: — Você, em todo caso, é mais bonita. — Mas em seguida não quis trair a menina com a lagartixa. Por acaso se pode trair uma menina em um quadro?

— O que você está pensando?

— Que você é bonita.

Ela era muito bonita.

Ele estava deitado de costas sobre a cama, ela de bruços sobre ele. Com os braços apoiados ao peito dele e o queixo sobre seu braço, ela o fitava em silêncio. Ou será que ela olhava para muito além dele, através dele? Os olhos e os cachos de cabelo escuros, a testa alta, o rubor fresco das faces, o movimento das aletas do nariz e dos lábios — ela estava totalmente devotada a ele em sua beleza, e mesmo assim concentrada em si mesma. Ou será que ele apenas imaginava aquilo? Será que a mulher que ele amava havia se tornado um quadro para ele apenas por que a amava? Devotada e inalcançável ao mesmo tempo?

— Quem é o pintor?

— Não sei.

— Ele deve ter assinado seu quadro. — Ela levantou e foi verificar a borda inferior do quadro. E em seguida olhou para ele. — Mas é um original!

— Sim.

— Você sabe quanto ele vale?

— Não.

— Talvez ele seja valioso. Onde você o arranjou?

Ele pensou na conversa que tivera com o pai, muitos anos antes.

— Venha cá! — E ele abriu os braços. — Eu não quero saber se ele é valioso ou não. Se eu soubesse, tivesse dito a você e você agora soubesse, sempre me perguntaria se você não me ama apenas por causa do meu quadro.

Ela se aninhou em seus braços.

— Não seja bobo. Se ele for valioso, você não pode ficar com ele aqui. O quarto é quente demais no verão e frio demais no inverno, e, além disso, esse seu aquecedor esquisito um dia ainda vai botar fogo no telhado e no prédio inteiro e você talvez consiga se salvar fugindo até o telhado vizinho, mas o quadro acabará queimando. Um quadro valioso precisa de temperaturas regulares, de uma umidade do ar constante e sei lá mais o quê. E como você não pode ficar com ele aqui, é melhor que o venda logo. Você trabalha e trabalha e não se concede nenhum luxo porque não tem dinheiro. Isso tudo não faz o menor sentido.

Ele falou de seu novo emprego, mudando de assunto. Mas quando estava saindo, ela ainda perguntou:

— Sabe de uma coisa?

— O quê?

— Meu irmão estuda história da arte. Acho que ele deveria ver o quadro.

Ele não deixou que isso acontecesse. Quando ela voltou a visitá-lo, ele havia empurrado o quadro para baixo da cama, e disse que sua mãe o quisera de volta. Ela falara mesmo assim com seu irmão, e este não se lembrara de nenhum quadro parecido, nem de um pintor que se adequasse a ele, mas apenas de uma revista, *Lézard Violet*, fundada em Paris na passagem do dadaísmo para o surrealismo, e publicada em dez números entre os anos de 1924 e 1930. Depois disso, ela esqueceu o quadro.

Sempre que ela ia embora, ele voltava a pendurá-lo sobre a cama. No começo, aquilo era um jogo; ele tirava o quadro com um sorriso e voltava a pendurá-lo com um sorriso, despedia-se da menina e cumprimentava-a com uma observação jocosa. Em seguida, passou a se incomodar com o fato de ter de tirar o quadro porque a outra vinha, e mais tarde começou a se incomodar porque ela vinha. Depois de eles dormirem juntos, quando ficavam deitados um nos braços do outro, ele sempre ficava esperando que ela fosse embora, para que ele pudesse voltar a pendurar o quadro e continuar sua vida.

Por fim, ela o deixou.

— Não sei o que se passa em sua cabeça e em seu coração. — Ela tocou primeiro a testa dele e depois o peito. — Algum lugar eu com certeza ocupo aqui dentro. Mas ele é pequeno demais para mim.

9

Ele sofreu mais do que esperava sofrer. Às vezes, ficava irritado — quem sabe se sem o quadro tudo não tivesse sido diferente, tudo não tivesse terminado melhor? Mas a raiva também o unia mais ainda ao quadro. Ele falava com a menina. Dizia que sem ela estaria melhor. Que ela havia lhe pregado uma bela de uma peça. Que agora ela bem que poderia olhar para ele de um jeito mais amável. Perguntava se ela estava orgulhosa de ter conseguido afastar a rival do campo de batalha. Mas que ela não alimentasse vãs ilusões.

Certa noite, ele pegou o livro sobre René Dalmann e leu adiante. Depois da conclusão do curso na Academia de Arte, o jovem pintor vivera na casa de uma rica viúva de Karlsruhe, que havia montado um ateliê para ele. Aquilo fora um escândalo na singeleza conservadora da cidade, que os dois, segundo as informações do biógrafo, haviam desfrutado mais do que sua própria relação.

Ele tentara se estabelecer como pintor de retratos, e seus primeiros retratos eram convencionais, até que, acusado de uma vida escandalosa, começou a pintar também retratos escandalosos, o crânio do presidente do Tribunal Superior Estadual em Karlsruhe como se fosse entalhado em madeira, e seu filho, um tenente todo arrojado, com ombreiras, galões e sabre no rosto. O presidente do Tribunal Superior Estadual acabou instaurando um processo, do qual René Dalmann se esquivou através de uma viagem à Bretanha, onde a família de sua mãe, cuja maior parte deixara a Alsácia em 1871, possuía uma casa. Ali, onde havia passado várias de suas férias na companhia de pais e irmão, ele ficou até o início da guerra, da qual participou na condição de soldado enfermeiro das forças voluntárias francesas.

Foram os anos de seus esboços; para outra coisa não havia nem tempo nem meios. Ao lado de soldados feridos, mutilados e moribundos, emergiam motivos religiosos; Adão e Eva como se fossem um casal de noivos perdido no paraíso dos campos de batalha, e a cura de um soldado aleijado por um Cristo também aleijado. Depois do fim da guerra, René Dalmann vivera em Paris e passara muito tempo no Café Certá, sem pertencer aos dadaístas, e junto com André Breton, ao qual seguiu quando este entrou no Partido Comunista, mas pelo qual não se deixou encaminhar aos surrealistas. Ele ficava sempre à parte, até fundar a revista *Lézard Violet* com um grupo de amigos. René Magritte colaborara escrevendo sobre o ato de pintar como uma maneira de pensar, Salvador Dalí escrevera a respeito do corte no olho da menina, e de Max Beckmann a revista imprimira, sem a permissão deste, uma tradução inglesa de um ensaio curto sobre o coletivismo, escrito à época da lua de mel do pintor. O próprio René Dalmann escrevera acerca da libertação da fantasia das garras do arbítrio e era responsável pelo projeto gráfico da revista.

Tudo aquilo o interessou apenas modicamente. Até que passou a não ler mais nada e apenas a folhear o livro. Ao final, havia uma série de páginas com os principais momentos da biografia de René Dalmann, uma bibliografia que listava suas obras e as obras sobre ele e uma relação de suas exposições. Em 1933, estava registrada e anotada a exposição "Est-ce qu'il a un surréalisme allemand?" na Galeria Colle em Paris, que mostrava a capa do catálogo *O lagarto e a menina*, de René Dalmann. O lagarto e a menina.

Na manhã seguinte, ele foi ao Instituto Histórico e Artístico da universidade e procurou em vão por um exemplar do catálogo de 1933. Perdeu suas aulas, desculpou-se no restaurante em que deveria trabalhar como garçom à tarde, alegando uma gripe, e viajou à cidade em que vira o quadro sobre o pós-guerra e o autorretrato de René Dalmann e na qual também comprara o livro sobre ele. Também ali havia uma universidade e um Instituto Histórico e Artístico, mas também ali não encontrou o catálogo.

Nesse meio-tempo, ele se encontrava num estado de agitação febril. A bibliotecária percebeu e perguntou-lhe o que estava acontecendo. Ele esclareceu que estava à procura da obra *O lagarto e a menina*, de René Dalmann, e que não encontrava o catálogo em cuja capa o quadro havia sido reproduzido. E perguntou onde ficava o Instituto Histórico e Artístico mais próximo.

— E por que tem de ser a reprodução do catálogo?

Ele olhou sem ter compreendido.

— Provavelmente ele mesmo já fotografou seu quadro, e também um dono de galeria, a imprensa, o museu no qual ele se encontra.

— Quer dizer que ele se encontra num museu? Onde?

— Nós temos um arquivo de imagens. Por aqui!

Ele a seguiu através de um corredor em direção a uma sala onde havia um projetor e várias caixas, nas quais estavam coladas plaquetas com nomes. Ficou mais calmo. Chegou a registrar, inclusive, que a bibliotecária tinha belas feições e um passo leve, e que ela o fitava com olhos animados, que zombavam amistosamente de sua agitação. Ela pegou uma das caixas da prateleira, estudou uma lista que estava colada na parte interna da tampa, pegou um slide, quase do tamanho de um cartão-postal e emoldurado por um plástico negro, e enfiou-o no projetor.

— O senhor pode apagar a luz?

Ele encontrou a tomada e deixou tudo escuro. Ela ligou o projetor.

— Meu Deus! — ele disse. Era seu quadro. A menina, a praia, o rochedo. Mas do lado esquerdo não era a menina que se inclinava ao quadro, mas sim uma lagartixa gigantesca, e sobre a rocha não era uma lagartixa que tomava sol, mas sim uma menina diminuta, lindíssima em seus cachos negros, seu rosto pálido, seu corpete claro e sua saia escura. Ela estava deitada de lado, a cabeça sobre o braço, meio criança distraída, meio mulher sedutora.

10

— Em que museu eu posso encontrar o quadro?
— Isso nós temos de ver lá na frente. — A bibliotecária desligou o projetor, guardou o slide e voltou à sala em que estavam os livros. Ele a acompanhava com os olhos, vendo-a tirar um volume após o outro da estante, sempre folheando em cada um deles. — Pelo menos vou ser convidada para jantar por isso? — Ela continuou folheando. — Oh!

— O que é?

— O quadro não está em nenhum museu. É considerado perdido. Perdido e talvez destruído. A última vez em que foi visto foi em 1937, em Munique, na exposição "Arte degenerada". — Ele olhou sem compreender.

— Ele foi exposto no grupo cinco. E sobre ele se disse: "A pornografia não necessita da nudez, e a degeneração não necessita da deformação manual. Com o traço perfeito de seu pincel, o judeu pôde representar o empresário alemão como um estroina capitalista e a menina alemã como uma dama libidinosa. O caráter porco e a tendência marxista e da luta de classes andam de mãos dadas para o judeu. Quando se pensa que também mães e mulheres alemãs visitam essa exposição..." Quer que eu leia adiante?

— René Dalmann também pintou um quadro chamado *A menina com a lagartixa*?

Ela continuou folheando.

— E que tal aquele jantar?

— Quando é que termina o expediente?

— Às quatro.

— A essa hora ainda não há jantar.

— E aqui não há nenhuma menina com lagartixa. O senhor tem certeza de que é esse o nome do quadro?

— Não. — Seu pai e sua mãe haviam dado aquele nome ao quadro, e ele mesmo apenas acabara seguindo os dois. René Dalmann talvez tivesse lhe dado um nome diferente. — Mas ele mostra uma menina e uma lagartixa, é a inversão daquele que acabamos de ver.

— Interessante. E onde foi que o senhor o viu?

— Ah, não me lembro mais. — Ele não havia sido suficientemente cuidadoso, fora longe demais. Perguntara mais do que deveria ter perguntado. Por sorte não mencionara seu nome. Agora ele haveria de sumir sem deixar rastro.

Ela o observava enquanto ele pensava.

— Mas o que é que há com o senhor?

— Eu tenho de ir agora. Às quatro espero pela senhora lá embaixo, está bem?

Ele se precipitou para fora do Instituto, pouco se importando com seu comportamento estranho. Mas quando estava sentado sobre um banco, junto ao lago, no centro da cidade, percebeu que havia muito que ainda não sabia e tinha de dar um jeito de saber. De modo que às quatro estava às portas do Instituto Histórico e Artístico. Ela veio descendo as escadas e mais uma vez olhou-o com um ar amistoso de zombaria.

— Lagartixas são animais ariscos.

— Acho que tenho de esclarecer algumas coisas. Será que não seria melhor irmos até o lago tomar um pouco de sol?

No caminho, ele começou a contar. Na condição de estudante de direito, ele reforçava o orçamento trabalhando no escritório de um advogado, que se dedicava sobretudo a questões de herança, a brigas entre herdeiros, à procura de herdeiros e à avaliação de tesouros de herança. Entre os utensílios domésticos de um americano falecido, havia surgido um quadro sem parecer, sem assinatura, talvez sem valor nenhum, mas talvez também valioso, e ele tinha de saber mais a respeito dele, sua verdadeira importância e assim por diante.

— Um americano?

Ele havia estendido seu casaco, e ambos estavam sentados na grama junto ao lago.

— Um alemão que emigrou para os Estados Unidos, e cujos herdeiros nós estamos procurando aqui na Alemanha.

— O senhor tem uma reprodução do quadro?

— Não aqui comigo. Mas depois de me ocupar tanto com ele já o guardo inteirinho na cabeça. — E ele o descreveu.

— Ei — e ela o olhou de lado, — o senhor está um bocado apaixonado por este quadro.

Ele ficou vermelho, desviou a cabeça, e fez de conta que seguia um barco à vela com os olhos.

— Ora, mas não tem problema. Se é um Dalmann... ele é legal. O senhor já viu seus quadros em nosso museu? — E ela dirigiu a conversa para o museu e para a cidade e para a vida na cidade e para o lugar de onde eles vinham e para o lugar onde eles pretendiam ir em vida. Ele fez tentativas de apresentar suas perguntas; como é que poderia ser encontrado o autor de um quadro, conhecer o destino de um quadro, seus verdadeiros proprietários. Ela até prestava atenção às perguntas, mas logo dava um jeito de fazer a conversa voltar a sair dos trilhos. Quando o sol sumiu atrás das casas e começou a esfriar, eles fizeram um passeio em volta do lago.

— A senhorita tem namorado? — Ele não conseguia imaginar que ela não tivesse um. Era cheia de vida, sensata, espirituosa e não apenas bonita, mas também tinha um jeito encantador de afastar seus cabelos louros do rosto e de torcer o nariz.

— Nós nos separamos há três meses. E o senhor?

Ele calculou.

— Há quatro.

Eles jantaram em uma hospedaria ao anoitecer. Ele percebeu como estava disposto a se apaixonar, como queria se entregar, confiar-se a ela. Mas constantemente tinha de tomar cuidado e se desviar. Quando se tratava dos pais, da namorada, que havia se separado dele, das mulheres que lhe agradavam, da maneira como vivia, não podia se envolver como gostaria de ter se envolvido. E se lembrou de que, se eles estivessem na cidade em que ele morava e sentissem vontade de ir até a casa dele, nem sequer poderia convidá-la a ir a seu quarto. Lá estava o quadro.

Ela o acompanhou até a estação de trem. Na plataforma, escreveu para ele seu nome, deu seu endereço e seu telefone. Ele hesitou, mas em seguida anotou seu nome e seu endereço corretos.

— Você por acaso não quer virar detetive, quer? — Mais uma vez ela tinha aquele ar amável de zombaria nos olhos.

— Por quê?

— Por nada. — Ela botou seus braços em volta do pescoço dele e o beijou na boca, brevemente. — Suas perguntas... podemos pegar o quadro e ir à Sotheby's ou à Christie's. Ou, conforme o caso do meu pequeno detetive, se tiver lido um livro sobre o pintor, olha-se quem é o autor e escreve-se à editora pedindo o endereço dele. Isso, claro, se não estiver escondendo algo que ninguém possa ficar sabendo.

— Logo o trem partirá. — O alto-falante havia anunciado o fechamento das portas e a partida do trem. Ele já estava no interior do trem.

— Esconder é cansativo.

Ele ainda pôde aceder, inclinando a cabeça. As portas haviam se fechado.

11

— Você tem um destino difícil à sua frente — ele falou para a menina com a lagartixa. — Ela fica cada vez maior e você cada vez menor e, ao final das contas, você ainda terá de encher seus olhos com ela. Você, a menina... de uma lagartixa! — E ele prosseguiu. — Ou será que você a beijou para que ela se transformasse em uma princesa e, em vez disso, ela cresceu e você encolheu? — Ele fitou a menina, e pareceu-lhe que aquilo que René Dalmann havia feito era repugnante, um sacrilégio. — Você é a irmã dele? Ele sentiu ódio de você? Ou amou e ao mesmo tempo odiou você?

Saiu do quarto e foi ao banheiro com a pia minúscula, sobre a qual havia pregado uma tábua também minúscula para a escova de dentes, o material de fazer a barba, pente e escova. Desparafusou a lâmina do aparelho de barba e voltou ao quarto.

— Você não gostará do que vou fazer. Mas preciso fazê-lo. — Ele cortou o papel colado sobre a parte traseira do quadro ao longo da moldura. Logo viu que a moldura grossa e dourada havia sido parafusada sobre uma outra moldura, sobre a qual estava distendida a tela. Os parafusos eram pequenos, e ele conseguiu removê-los com a chave de fenda que usava para consertar maus contatos na parte elétrica dos aparelhos domésticos. Tinha medo que a moldura grossa e dourada estivesse colada firmemente à tela. Mas conseguiu afastá-la com facilidade.

Escorou o quadro ao lado da cama, junto à parede, e sentou-se diante dele, no chão. O fato de estar escrito "Dalmann" no canto inferior direito, em letra infantil, o D terminando em um arco cheio de brio, um pouco inclinado, já não o surpreendeu mais. Teria ficado pasmo se não tivesse encontrado nenhum, ou talvez outro nome. O que o surpreendeu foi a nova impressão que o quadro lhe causou com os centímetros a mais, até agora tapados pela moldura. O pedaço de céu acrescentado sobre a cabeça da menina, seu cotovelo, cuja ponta já não era engolida pela moldura, o corpo da lagartixa visível em todo seu tamanho... De repente, o quadro parecia liberar um suspiro do peito, aliviar a mente como quando se está no mar e se respira com liberdade ao sentir o bafejo do vento e o cheiro da água.

— Foi meu pai que encarcerou você? Ou aquele a quem o quadro pertencia antes, e talvez ainda pertença? E quem era ele? — ele examinou a moldura, e encontrou a etiqueta de uma galeria de arte em Estrasburgo.

Na viagem de trem para sua cidade natal, leu a biografia sobre René Dalmann até o fim. Em 1930, ele seguira Lydia Diakonow de Paris a Berlim. Ela era artista de cabaré, filha de um médico judeu convertido à religião ortodoxa, um ser de beleza maleável e misteriosa. Ela era a lagartixa de Dalmann, sua Tixa e sua Lagarta, sua Tixinha e sua Lagartinha. Ele lhe escrevia cartas de carinho infinito e constante. Uma vez que falava alemão sem sotaque e tinha um nome alemão, foi percebido e aceito como artista alemão; no Kronprinzenpalais, Ludwig Justi havia lhe dedicado uma das pequenas salas. Em 1933, quando sua *Dança obsceno-macabra de rua* fora exibida na exposição "Arte governante 1918-1933" de Karlsruhe, René Dalmann ainda se mostrara capaz de gracejar. Arte governante alemã? A série fora pintada em Paris, no ano de 1928. Mas, em seguida, Eberhard Hanfstaengel fechou a Sala Dalmann e o cabaré de Lydia foi destruído pela SA certa noite.

Em 1937, antes mesmo da abertura da exposição "Arte degenerada" em Munique, os agora casados René e Lydia Dalmann deixaram a Alemanha, se mudando para Estrasburgo. Apesar de sua cidadania francesa, ele continuou a ser chamado de artista alemão. Em 1938, apresentou-se na exposição "Twentieth Century German Art", em Londres. Em Amsterdã e Paris foram expostos alguns de seus quadros que haviam sido confiscados pelas autoridades alemãs e postos à venda, e depois comprados por comerciantes e colecionadores bem-intencionados, amigos de René Dalmann.

Depois da invasão dos alemães em Estrasburgo, perdera-se todo e qualquer rastro de René e Lydia Dalmann. Se eles ficaram em Estrasburgo, se fugiram para a França não ocupada, ou se emigraram para os Estados Unidos através de Portugal — o biógrafo assinalara fielmente o que depunha a favor e contra cada uma das possibilidades, mas ficara devendo a prova. Uma coisa era certa, eles haviam assumido uma nova identidade.

Em 1946, houvera uma exposição de um certo Ron Valomme em Nova York, com quadros que antecipavam os "Novos Selvagens" em seu modo de pintar, mas em termos de conteúdo eram tributários dos temas dadaístas e surrealistas. Será que, conforme alguns críticos suspeitaram, Ron Valomme era a identidade de René Dalmann? Também de Ron Valomme não havia sequer um rastro confiável.

Ele não tinha a chave do novo apartamento da mãe. Sentou-se nas escadarias da entrada, olhou para o caminho de paralelepípedos que levava às casas e às garagens, as moitas de sempre-vivas que ornamentavam a ladeira e as rosas ao lado da porta da entrada, com as quais sua mãe lutava contra a atmosfera estéril do lugar. Pensou em seu pai. Percebeu que não sabia nada sobre ele, nada sobre seus avós mortos debaixo das bombas da guerra, sobre seus estudos, suas atividades antes e durante a guerra, e nada sobre sua carreira depois dela.

12

— O que papai fez durante a guerra? — Ele estava sentado com sua mãe no terraço. Ela havia chegado do trabalho e preparara chá. O olhar dela passeou sobre os telhados, perdendo-se na distância.

Ela suspirou.

— Agora vai começar.

— Nada vai começar. Por que eu iria me meter a acusar e condenar meu pai morto? Eu apenas quero saber como é que um quadro de René Dalmann, cujo valor eu não sei estimar com precisão, ainda que tenha certeza que valha algumas centenas de milhares, chegou às mãos dele. Quero saber por que fez tanto mistério em torno desse quadro.

— Porque tinha medo que alguém reivindicasse os direitos sobre o quadro. Ele foi conselheiro do tribunal de guerra em Estrasburgo, e descobriu que as pessoas com quem estava aquartelado eram judeus com papéis falsificados, e os ajudou. Em agradecimento, recebeu o quadro deles.

— E qual era o problema de papai com isso?

— Depois do final da guerra, o pintor e sua mulher desapareceram e foram ouvidos alguns boatos. Seu pai tinha medo que, caso fosse visto em posse do quadro, fosse posto sob suspeita. Ele não podia provar que fora um presente.

Ele olhou para sua mãe. Ela estava sentada ao lado dele e desviou os olhos.

— Mãe?

— Sim? — Ela não voltou o rosto para ele.

— Você também esteve em Estrasburgo? Viu como foi que tudo aconteceu ou papai contou as coisas a você depois?

— O que é que eu haveria de fazer com ele ou ele comigo em Estrasburgo, na guerra?

— Você acreditou naquilo que papai contou?

Ela ainda não se voltara para ele. Ele observou seu perfil, que não denunciava nenhuma confusão, nenhuma irritação, nada de tristeza.

— Quando ele foi libertado pelos franceses em 1948, e nós voltamos a nos ver, eu tinha mais o que fazer para me preocupar com suas histórias durante a guerra. Não foram poucas as histórias, e que histórias, que as pessoas haviam trazido da guerra na época!

— Se você acreditou nele... por que sempre se referia a ela como "menina judia" no passado?

— E você ainda se lembra disso?

Ele não respondeu.

— Por quê?

— Eu pensava que a menina era a filha do pintor e que eles eram judeus.

— Isso não esclarece o sarcasmo que você sempre demonstrava. — Ele sacudiu a cabeça. — Não, você não acreditou em papai. Você não deu confiança a sua história de ter ajudado os judeus. Ou você pensou que esta não era toda a história, e que ele tivera alguma coisa com a menina... Ele fez chantagem com ela? Ele a obrigou a fazer alguma coisa com ele? Você sabe que ela era a mulher do pintor?

Ela não disse nada.

— Por que foi que papai perdeu seu cargo de juiz? — Ele olhou para onde ela estava. Ela havia lançado o queixo à frente e entreabrira os lábios; e ele viu que ela desaprovava sua pergunta. — Você acha melhor eu perguntar a seus antigos superiores e colegas? Pode ter certeza que vou encontrar algum que compreenda que eu, na condição de futuro jurista, queira saber o que aconteceu.

— Bem, ele era juiz na época da guerra. E precisava ser severo. Ele precisava ser duro. Você pensa que desse jeito se consegue amigos?

— Não, mas nem por isso alguém se torna desqualificado para a atividade de juiz depois da guerra.

— Ele foi acusado de uma coisa que, embora não fosse procedente, soava muito mal, a ponto de ele não querer enfrentá-la. Por causa de você e por minha causa.

Ele olhava para ela.

— Disseram que ele condenou à morte um oficial que conseguiu evitar que alguns judeus caíssem nas mãos da polícia. Se você pensa que precisa ficar sabendo mesmo de tudo... um oficial de quem ele havia sido amigo e que ele mesmo denunciara, segundo se disse.

— Seja quem for que levantou a acusação, ele deve ter encontrado testemunhas, ou processos, ou relatórios. A coisa foi muito discutida pela imprensa?

— Na imprensa nacional até que sim, na daqui não. Aqui providenciaram para que o caso saísse o mais rápido possível das manchetes.

Ele poderia investigar nos jornais da época e descobrir quem era o jornalista que levantou a acusação, e até mesmo consultar seu material. Talvez inclusive pudesse se certificar onde seu pai morara em Estrasburgo, e quem mais morara na casa na época. Existiam listas dos judeus que haviam sido transportados de Estrasburgo aos campos de extermínio? Existiam parentes de René Dalmann com os quais valeria a pena conversar?

— O que foi que papai disse a respeito das acusações? — Mas mal ele havia terminado a pergunta, já não queria mais saber a resposta.

— Que ele e o oficial e ainda um outro oficial haviam ajudado muitos judeus, e que aquele que ele havia condenado à morte teve de ser sacrificado para que os envolvidos, e sobretudo todos os judeus em perigo, fossem poupados. E que além de tudo, por um acaso idiota, ele foi o eleito para conduzir o processo e dar seu veredicto.

Ele riu.

— Papai fez tudo certinho? Os outros apenas o entenderam mal?

13

Sua mãe lhe ofereceu o sofá para dormir; ademais ela, mesmo quando estava sozinha, na maior parte das vezes dormia no chão devido às dores nas costas. Mas ele recusou a oferta; pareceu-lhe insuportável dormir no sofá em que a mãe costumava dormir, em meio aos cheiros dela e sobre as marcas que seu corpo deixaram no móvel.

Quando ele despertou, no meio da noite, ainda assim sentiu a presença dela tão fortemente como se estivesse deitado no sofá. Ele cheirou o cheiro dela e ouviu sua respiração. Viu, à luz da lua, suas roupas divididas ordenadamente sobre os braços, o assento e as travessas da cadeira. Por vezes, quando ela se movia no sono, escorregando para a borda do sofá, a luz caía sobre seu rosto, e ele via seus cabelos brancos e suas feições duras.

Ele sabia que ela havia sido uma mulher bela; vira uma fotografia certa vez, que seu pai havia tirado na viagem de lua de mel, quando ela, num vestido claro, vinha ao encontro dele entre as sebes de um parque, com seu passo leve e um sorriso suave, admirado e feliz no rosto. Mas ele não se lembrava de ter voltado a vê-la tão feliz, ou mesmo tão suave, fosse em relação a ele mesmo, fosse em relação ao pai. A guerra era a culpada? Os acontecimentos em Estrasburgo? Será que seu pai havia feito alguma coisa com ela ou talvez com outros, que ela não podia perdoar? Mas por que ela se mostrara sempre tão dura também com ele? Por que era o filho de seu pai?

Então a tristeza tomou conta dele. Teve pena de sua mãe, de seu pai e de si mesmo, principalmente de si mesmo. A presença de sua mãe, das roupas dela, de sua respiração, de seu cheiro, tudo continuava desagradável para ele, ainda que ao mesmo tempo sofresse por sentir que aquilo era desagradável. Por que ele não trouxera de sua infância nenhuma lembrança de dedicação e carinho maternos? Se ele tivesse essa lembrança, talvez pudesse reconhecer e amar no corpo que ela tinha agora o corpo do passado.

Na manhã seguinte, ela lhe deu uma pasta com um arquivo. Seu pai a havia arranjado. Ele havia colecionado os artigos de jornal acerca de seu caso, recortando-os e colando-os em folhas brancas, identificando sua origem na margem superior e desenhando sinais de exclamação e de interrogação na margem direita, que expressavam ou sua aceitação ou sua recusa àquilo que estava escrito. Na maior parte dos casos, ele havia recusado o que fora noticiado, por vezes chegara a corrigi-lo como se corrige as páginas de um manuscrito. Assim, ele havia riscado a indicação errada de sua idade, assinalado o traço na margem direita e mencionado a idade correta ao lado. Havia corrigido a informação errada acerca do período em que fora juiz marcial em Estrasburgo, a informação errada acerca das patentes militares dos oficiais envolvidos, a informação errada acerca do desenrolar de uma impetração e da recusa de um pedido de indulto, e também a informação errada acerca da data da execução do oficial que ele havia condenado à morte.

As correções eram particularmente numerosas em um artigo longo de um grande jornal. Atrás deles, havia várias páginas sobretituladas com a palavra "Contra-argumentação", que o pai havia datilografado na máquina que o filho conhecia tão bem. "Não é correta a alegação de que minhas atividades como juiz marcial em Estrasburgo foram iniciadas no dia 1º de julho de 1943. É correto, muito antes..." E assim por diante, folha por folha. "Não é correta a alegação de que eu tenha usado e abusado da confiança do acusado no que diz respeito a seus esforços em livrar pessoas judias da prisão. É correto, muito antes, que eu dispensei ajuda ao condenado em seu empenho, segundo minhas forças me permitiam, e que o adverti dos perigos ameaçadores, e continuei ajudando tanto a ele quanto às pessoas judias, mesmo quando me senti ameaçado por perigos consideráveis e pela violação de importantes obrigações. Não é correta a alegação de que eu tenha decretado a pena de morte por motivos de interesse pessoal e com o propósito de dobrar as leis do direito em prejuízo do acusado. É correto, muito antes, que em face das provas e da situação legal eu não podia agir diferente, a não ser condenando o acusado à morte. Não é correta a alegação de que eu tenha enriquecido ilegalmente, aproveitando-me da propriedade de pessoas judias e muito menos que os bens móveis, com os quais pessoas de origem judaica fugiram ou pretendiam fugir, foram confiados a mim e que, aproveitando-me da confiança, apropriei-me deles ilegalmente mais tarde. É correto, muito antes, que eu não tinha nem a licença para dispor de patrimônio judeu, nem a obrigação de cumprir interesses de patrimônios judeus, e que, por isso, nem abusei daquela licença nem feri esta obrigação. Não é correta a alegação de que eu..."

A mãe olhava para ele durante a leitura. Ele perguntou a ela.

— A contra-argumentação... você a conhece?

— Sim.

— O jornal a publicou? Papai chegou a mandá-la ao jornal?

— Não. Seu advogado não queria que ele o fizesse.

— E você queria?

— Você não pode acreditar que seu pai perguntaria qual era minha opinião sobre isso.

— Mas o que você achou daquilo que ele escreveu? O que você acharia se ele o tivesse publicado?

— O que eu achei daquilo que ele escreveu? — Ela deu de ombros. — Ele pensou muito a respeito de cada frase. Ninguém conseguiria lhe passar a perna por causa de uma palavra sequer que ele tenha usado erradamente.

— Ele copiou parágrafos inteiros do código penal. Ele os copiou, a fim de mostrar que não podia ser penalizado. Mas o texto é horrível de ser lido. Parece que ele confessa tudo, mas faz questão de dizer que mesmo assim não pode ser considerado passível de ser punido. Assim como se você confessasse que envenenou alguém com a comida que lhe preparou, mas fizesse questão de dizer que, ao cozinhar, seguiu à risca as instruções do livro de receitas do Doutor Oetker... É isso que parece...

Ela tomou a pasta, amontoou as folhas da esquerda para a direita, prendeu-as fortemente e fechou a capa.

— É que ele se tornou muito cauteloso com o tempo. Na guerra, a confusão era tão grande que ele não seria capaz de organizar as coisas nem mesmo em uma vida toda. Depois do fim da guerra ele foi ficando cauteloso, cada vez mais, também por causa de você e por minha causa. Ele era cauteloso até mesmo quando bebia. Você conhece aquela história de os bêbados às vezes dizerem coisas que eles não gostariam de dizer, mas acabam dizendo mesmo assim? Seu pai jamais fez isso.

Ela soou como se estivesse orgulhosa. Orgulhosa pelo fato de seu marido pelo menos não ter se gabado também daquilo que fizera com ela e com outros.

— Por acaso ele alguma vez pediu perdão por aquilo que fez com você?

— Pedir perdão a mim? — Ela olhou para ele, desnorteada.

Ele desistiu. Compreendeu que ela não lhe escondia nada, mas apenas não sabia o que ele queria saber, que ela não entendia por que e a troco de que ele insistia. Ela queria que ele os deixasse, a ela e seu marido, em paz, assim como ela o deixava em paz. A região na sua alma em que havia sido ferida já havia endurecido, e com ela o tecido mole, capaz de felicidade e de amor de sua alma inteira. Tudo, alma e região afetada, havia cicatrizado em um tecido duro, nodoso.

Talvez na época, logo, ou pouco tempo depois de ela ter sido ferida, a dor pudesse ter sido curada. Mas agora era tarde demais. Há muito tempo que já era tarde demais. Ela já vivia há tanto tempo com suas cicatrizes, suas mentiras, suas cautelas.

Foi então que um pensamento tomou conta dele de repente. Não era apenas agora que ela o deixava em paz. Tão longe quanto ele conseguia pensar, ela sempre quis ter paz diante dele e também deixá-lo em paz. Como se no fundo ela não tivesse nada a ver com ele. Como se ele a tivesse inquietado com demasiada força, muito profundamente.

— Quando você engravidou de mim, papai violentou você? Foi quando ele estava em Estrasburgo, desempenhava suas atividades vis e tinha um caso com a judia? Ele veio em certa noite dessas e você não sabia nada da outra e não queria dormir com ele, e ele não deu bola para o que você sabia e para o que você queria e violentou você? Foi assim que eu vim ao mundo? Você jamais me perdoou por causa disso?

Ela sacudia a cabeça, sem parar. Então ele viu que ela chorava. Primeiro, ela ficou sentada, rígida e muda, apenas as lágrimas rolavam sobre suas faces, pendiam por um momento de seu queixo para depois pingarem sobre a saia. Quando levantou as mãos e enxugou as lágrimas do rosto, ela soluçou.

Ele se pôs em pé, aproximou-se da cadeira em que ela estava e tentou abraçá-la. Ela continuou sentada, rígida e dura, e não aceitou seu abraço. Ele falou com ela, mas ela não ouviu suas palavras. Ela continuou muda, até mesmo quando ele se despediu.

14

Ele viajou de volta para casa e continuou levando a vida de antes. Quando a bibliotecária escreveu certo dia, dizendo que tinha algo a fazer em sua cidade, ele a encontrou, saiu para passear com ela, jantar, e depois levou-a para sua casa. Ele havia escondido o quadro debaixo da cama.

Mas este não o deixava em paz. O que aconteceria se ela olhasse por acaso debaixo de sua cama e descobrisse o quadro? E se o estrado da cama quebrasse e eles caíssem? O quadro estaria destruído, e ainda por cima ficaria visível quando eles arrumassem as coisas. E se ele conversasse com a menina e sua lagartixa durante o sono?

Ele costumava fazê-lo de dia.

— Menina com a lagartixa — ele dizia, — eu agora tenho de me meter nos estudos — e ele contava a ela o que tinha de estudar. Ou ele perguntava a opinião dela a respeito da roupa que estivesse usando. Ou praguejava com ela porque ela não o despertara a tempo, pela manhã. Ou falava com ela a respeito de seu destino com René Dalmann e seu pai. — Seu pintor deu você de presente a meu pai? Ou meu pai passou a perna em seu pintor e em você? Quando seu pintor quis fugir com você? E por que justamente com você? — Sempre de novo ele voltava a perguntar a ela: — O que vou fazer com você, menina com a lagartixa?

Será que ele deveria procurar pelos herdeiros de Dalmann e lhes entregar o quadro? Mas ele não dava a menor importância a heranças. Será que era melhor vender o quadro e tornar sua vida mais fácil com o dinheiro arranjado? Ou fazer alguma boa ação? Por acaso ele devia alguma coisa àqueles contra os quais seu pai havia cometido uma injustiça? Por que lucrara com a injustiça de seu pai? Mas que lucro foi esse, no fundo? O fato de poder olhar e se dirigir à menina com a lagartixa era um presente ou uma fatalidade?

— O que aconteceu com seu quadro?

Eles estavam deitados sobre a cama dele e olhavam um para o outro.

— Não fui adiante. — E fez uma expressão em que dizia que aquele assunto era um pouco doloroso, mas em todo caso indiferente para ele. — E também não trabalho mais com o advogado.

— Quer dizer então que agora talvez exista um pequeno apartamento em Manhattan, cujo locatário morreu, no qual está pendurado o quadro de um dos pintores mais conhecidos deste século? O locatário era pobre e velho, e as baratas correm sobre sua mesa suja, os ratos roem seus sapatos, e sobre sua cama ronca o gângster que arrombou o apartamento e se aninhou dentro dele e, bang bang, certo dia a menina leva uma bala na testa durante um tiroteio e a lagartixa perde seu rabo. Quem sabe se o velho homem não era o próprio René Dalmann? — Ela fala um pouco demais. Mas ele gosta de ouvi-la. — Você pode viver com isso?

— Com o quê?

— O fato de nada ser esclarecido.

— Quem quiser saber de alguma coisa pode ir à Sotheby's ou à Christie's ou procurar algum dos autores que escreveram livros sobre René Dalmann.

Ela se aninhou junto dele.

— Ora, ora, mas você aprendeu alguma coisa. Aprendeu alguma coisa?

Ele não queria adormecer. Não queria falar durante o sono. Não queria que ela acordasse, fosse ao banheiro, procurasse seus sapatos debaixo da cama e encontrasse o quadro. Não queria que... Mas então acabou adormecendo mesmo assim, e acordou quando já havia clareado e ela viera do banheiro e saltara sobre a cama lhe causando medo. Mas o estrado não quebrou, e o colchão aguentou firme.

— Preciso pegar o trem das 7h44, para poder estar no Instituto às 9 horas.

— Levo você até lá.

Quando ele lançou um olhar de volta, antes de fechar a porta e trancá-la à chave, seu quarto o importunou. Aquele não era o seu quarto. Ela havia fuçado em seus livros, estava naqueles dias e ensanguentara sua cama, e além disso trouxera para seu quarto uma velha e enferrujada balança de cartas, encontrada num passeio na praia. E a menina com a lagartixa não estava pendurada sobre a cama. Depois de ter levado a bibliotecária à estação de trem e se despedido dela, já um pouco distraído e impaciente, e de ter voltado para casa em seguida, ele arrumou suas coisas. Botou os livros de volta na estante, novos lençóis na cama, o quadro na parede sobre a cama e a balança de cartas em cima do armário, atrás da mala.

— Sim, menina com a lagartixa, agora tudo está em ordem de novo.

Ele estava em pé no meio do quarto e olhava como tudo estava em ordem. A ordem dos livros na estante, que lembrava a ordem dos livros na estante de seu pai. O asseio modesto, que a mãe sempre fizera questão de manter na luta contra a ruína da família. *A menina com a lagartixa*, já não mais envolvida pela moldura grossa e dourada, mas repousando na tela esticada sobre a madeira, tão dominante quanto nos tempos em que ainda vivia em casa, com os pais. E assim como em casa, o quadro era tesouro, mistério, janela para a beleza e para a liberdade, e ao mesmo tempo instância dominante e controladora, à qual tinham de ser oferecidos sacrifícios. Ele pensou na vida que tinha pela frente.

Não fez nada naquele dia. Andou um pouco pelas ruas, passou pela faculdade de direito, pelo bar em que trabalhava e pela casa na qual morava a estudante que ele um dia amou. Ou será que ele jamais aprendera a amar?

À noite, retornou para casa rapidamente e envolveu o quadro, a moldura e alguns jornais no lençol que havia tirado da cama. Levou tudo para a praia. Havia fogos queimando e alguns jovens estavam sentados ali e festejavam. Ele andou até deixar para trás o último fogo. Os jornais e o lençol queimaram depressa e depressa queimou também a moldura. Ele jogou o quadro ao fogo. As cores derreteram e a menina se encolheu, tornando-se irreconhecível. Mas antes de a menina se consumir por completo, a tela queimada nas bordas se levantou repentinamente e deixou livre a visão de uma outra imagem, cuja tela estava esticada na moldura debaixo da menina com a lagartixa. A lagartixa gigantesca, a menina diminuta... Por uma fração de segundo, ele chegou a ver a pintura que René

Dalmann quis proteger e levar consigo na fuga. E logo a tela foi consumida pelas chamas.

Quando a fogueira desmoronou, ele juntou as brasas em um monte com a ponta do sapato. Não esperou até que tudo se consumisse e virasse cinza. Por um instante, ainda contemplou as chamas vermelho-azuladas. Em seguida foi para casa.

Posfácio

Marcelo Backes

Ficcionista de projeção tardia, Bernhard Schlink é juiz e professor de direito. Nasceu em 1944, em Bielefeld, e estreou na literatura apenas em 1987, com um romance policial, escrito a quatro mãos com Walter Popp. Um ano depois, viria sua primeira obra individual, também um romance policial, intitulado *Die gordische Schleife* (O nó górdio). Os livros de Schlink — das obras policiais às tentativas ambiciosas mais recentes — são de matriz realista e cunho mimético, e caracterizam-se pelos enredos vigorosos e por uma linguagem simples, mas elegante.

Com *O leitor*, romance de 1995, Bernhard Schlink deu à Alemanha o maior sucesso literário internacional depois de *O tambor*, de Günter Grass, publicado quase quarenta anos antes, em 1959. Traduzido no Brasil, o romance não chegou a fazer sucesso em sua primeira edição e só alcançou as listas de mais vendidos na segunda arrancada, ao ser publicado pela Editora Record, em 2009. Na esteira do filme oscarizado de Stephen Daldry, o romance de Schlink repetiu no Brasil, enfim, o êxito alcançado em outros países.

O centro narrativo de *O leitor* é a relação entre Michael, um adolescente de 15 anos, e Hanna, uma mulher 20 anos mais velha, interpretada no cinema por Kate Winslet. O palco temporal da história são os anos de 1950 e a relação — na qual ela é a forte e ele tem de "andar na linha" para não ser castigado com a privação do sexo — é coroada por momentos de intenso lirismo, nos quais o adolescente lê os clássicos da literatura universal para Hanna em voz alta. Depois de alguns meses juntos,

Hanna desaparece de repente, e Michael só a encontra anos mais tarde, por acaso, quando ela está sendo julgada por ter trabalhado para a SS num campo de concentração.

O enredo bem talhado, o final comovente e a linguagem nada hermética fizeram do romance um sucesso editorial no mundo inteiro. Depois do final da Segunda Guerra Mundial, *O leitor* foi a primeira obra de um autor alemão a encabeçar as listas de mais vendidos nos Estados Unidos, um mercado editorial sabidamente umbilical, que publica um percentual risível de livros traduzidos. Além disso, o romance de Schlink foi traduzido em 41 línguas, chegando ao mundo inteiro.

Dez anos depois de *O leitor*, Bernhard Schlink publicaria outro romance e alcançaria sucesso semelhante.

A volta para casa, de 2006, conta a história de Peter Debauer. Narrado em primeira pessoa, Peter Debauer passa a infância na casa dos avós, na Suíça. Estes são editores, e publicam romances baratos. Uma vez que o papel se torna artigo de luxo nos anos pós-guerra, Peter recebe dos avós as provas dos romances para fazer seus desenhos infantis, com a proibição de ler as páginas impressas, já que — conforme alegam os avós — a literatura barata estraga o caráter das crianças.

Peter obviamente não respeita a proibição e um dia, ao ler um dos livros, dá de cara com a história das errâncias de um soldado alemão — uma espécie de Ulisses da Wehrmacht —, voltando de uma prisão na Sibéria em busca de sua mulher, que ele descobre estar casada com outro homem. Peter deslinda vários aspectos da trama, mas o final do romance permanece indecifrável, pois suas últimas páginas já haviam sido jogadas ao lixo, cheias de desenhos e riscos no verso.

Apenas anos mais tarde, Peter volta a se lembrar da história e decide descobrir como ela termina. A busca pelo final do romance se transforma na busca pelo autor, um homem que soube muito bem como apagar seus rastros. E a busca pelo autor, por sua vez, se transforma na odisseia do próprio Peter Debauer em busca de suas origens, de seu lar e da mulher que ama.

A volta para casa é cheio de tensão e aventuras amorosas. Temática e estilisticamente, é vinculado ao grande sucesso de *O leitor*, e pontilhado de frases provocadoras como: "O bom do mal é que ele também pode ser colocado a serviço do bem." Essas frases, e a lida isenta de pruridos com a matéria nazista, lembram as provocações de obras tidas como "avançadas" publicadas recentemente: *As benevolentes*, de Jonathan Littell, por exemplo.

A figura de John de Baur parece ter sido inspirada no germanista Paul de Man. De Baur (uma transformação poética de Debauer e um nome que lembra diretamente De Man) apresenta várias das características do famoso filósofo e crítico literário belga, também um colaborador do nazismo, conforme se descobriria bem tarde, em 1987. A tentativa metaliterária de Bernhard Schlink é bem interessante e nem de longe se perde no academicismo hermético.

Em *A volta para casa* é o leitor, e não o autor, que é visto como o responsável pelo sentido do texto; o mesmo acontece com a maldade de uma ação, que não estaria, pois, no autor da ação, e sim naquele que a acusa e a denuncia. A tese é defendida por De Baur, que por tabela se livra de quaisquer problemas da consciência de maneira elegante e inescrupulosa. O professor ainda organiza excursões com seus estudantes, nas quais a existência — e a onipresença — do mal é demonstrada na prática. E os estudantes são obrigados a se confrontar com o mal; inclusive o filho, que participa de uma das viagens. Ele sente nojo do raciocínio, mas ao mesmo tempo se mostra fascinado com a frieza do pai.

Em *A volta para casa*, Bernhard Schlink mais uma vez se ocupa da Segunda Guerra Mundial, mas não deixa de comentar momentos importantes da história recente da Alemanha e do mundo, como a queda do Muro, a reunificação alemã e o 11 de Setembro. Assim como *O leitor*, *A volta para casa* já teve seus direitos vendidos ao cinema e a diversos países.

A narrativa mais breve

Entre os romances *O leitor* e *A volta para casa*, Bernhard Schlink publicou um volume de narrativas mais breves intitulado *Liebesfluchten*, algo como "Fugas de amor", em 2000.

Entre as várias narrativas do volume, duas novelas particularmente interessantes: *O outro* e *A menina com a lagartixa*.

Em *O outro*, Bengt Benner, um viúvo, descobre certo dia que Lisa, sua falecida esposa, provavelmente o traiu. Depois de ter cuidado zelosamente dela, de sofrer com sua perda, que nem chega a compreender direito, Bengt recebe a carta fatídica de um desconhecido, chamado Rolf, que pede desculpas por ter tornado as coisas tão difíceis para ela no passado, terminando por dizer que ainda a ama.

Magoado, desiludido, sem entender como não foi capaz de perceber a traição da mulher, Bengt responde à carta escrevendo que a Lisa que "o outro" conhecia está morta. Rolf, "o outro", interpreta a assinatura erradamente e a frase como uma tentativa de rompimento, e responde à carta. Bengt se abandona ao sabor do engano e começa a trocar correspondências com "o outro", tentando descobrir o que levou a mulher a traí-lo, quem foi o homem que esteve tão próximo dela, quanto durou e quão intensa foi essa proximidade.

O outro também teve versão cinematográfica em 2008, com direção de Richard Eyre (*The Other Man*) e Antonio Banderas, Laura Linney e Liam Neeson nos papéis principais.

A menina com a la gartixa

Em *A menina com a lagartixa*, Bernhard Schlink trata mais uma vez dos anos de 1950. A Segunda Guerra Mundial volta ao pano de fundo da narrativa, do qual saiu em *O outro*, mostrando como os reflexos da guerra ainda ofuscavam o lar de famílias aparentemente tranquilas. Pintura, literatura e história se encontram. Ficção clássica e narrativa policial se combinam num enredo fulgurante, típico de Schlink.

O centro da narrativa é um quadro — *A menina com a lagartixa* — que desperta a sensualidade de um garoto e por fim acaba se transformando num peso quando este se torna adulto. Seus amores fracassam porque as mulheres reais não são capazes de lhe dar aquilo que o amor romântico da menina do quadro lhe prometia em suas fantasias. Além disso, o quadro esconde um segredo terrível de seu pai, juiz durante o período negro do nazismo.

O quadro também acompanha o empobrecimento da família, o alcoolismo do pai e, quando este morre na pior das misérias — congelado depois de uma queda ao voltar de mais uma noite de bebedeira —, a única herança que deixa ao filho é o quadro. A partir de então o filho passa a desvendar, meio por acaso, meio por interesse, a misteriosa história do quadro que o fascinava tanto desde quando era garoto. Pomo da discórdia entre os pais, o quadro esconde os deslizes jurídicos e sexuais do pai juiz, a fúria ciumenta da mãe com a "menina judia" da pintura e a possibilidade de o filho inclusive ser o produto de uma relação não consentida entre os pais. No final, a destruição do quadro significa a libertação de um passado tenebroso e a abertura para a possibilidade de novas experiências no futuro, não marcadas pela carga das lembranças ancestrais. Mas o amor, mesmo assim não é fácil...

Realidade e ficção se misturam de maneira orgânica em *A menina com a lagartixa*.

O pintor impressionista René Dalmann é uma criação de Bernhard Schlink, mas várias figuras anexas são verdadeiras. Eberhard Hanfstaengel foi um curador e historiador da arte que realmente existiu e faleceu em 1973. Ele contemplou, sem (poder) fazer nada, como os nazistas acabaram com a coleção de impressionistas e expressionistas que seu antecessor, Ludwig Justi (1909-1933) havia reunido na Galeria Nacional de Berlim; no ato dos anos 1930 foram queimadas cerca de 5.000 pinturas e 12.000 gravuras, todas consideradas "arte degenerada". Schlink inclusive lhe dá um papel ativo no fechamento da fictícia Sala Dalmann.

A revista artística *Lézard Violet* (lagartixa violeta) também é uma criação de Schlink, aliás tematicamente bem fundamentada. Outro artista inventado por Schlink é Ron Valomme, mas os "Novos Selvagens" (*neue Wilden*, em alemão) constituíram um grupo de artistas jovens e independentes que atuou no princípio do século XX e também ficou conhecido como *Les Fauves*. Eles expuseram seus quadros no salão Des Indépendents, em 1906, e foram criticados violentamente pelo público. Matisse, Maurice de Vlaminck e André Derain eram seus expoentes.

A dança entre a literatura e as outras artes é extremamente harmônica na narrativa de Schlink. Quando fala num texto de Salvador Dalí sobre o "corte no olho da menina", o autor faz uma referência sutil ao filme *O cão andaluz*, de 1928, dirigido por Luis Buñuel, com roteiro deste e de

Salvador Dalí, e música de Wagner, Beethoven e tangos argentinos. Num dos prólogos mais conhecidos da história do cinema, um homem afia uma navalha junto a uma sacada, contempla o céu, vê uma nuvem esgarçada se aproximando da lua cheia — e a navalha rasga o olho de uma menina...

O clima surrealista que caracteriza a pintura do fictício René Dalmann volta à cena mais uma vez na referência ao filme, e relembra toda a intensa atividade de um grupo que fez história, reunido em torno de André Breton e Louis Aragon e disposto a estudar na arte a influência da psicanálise de Freud.

A menina com a lagartixa é, além disso, uma narrativa em várias camadas, todas elas reestudadas na metáfora abrangente da pintura.

O quadro *A menina com a lagartixa* tem duas molduras, e o garoto só descobre que o nome do pintor realmente é René Dalmann quando desloca a moldura sobressalente e mais grossa, que nitidamente não fazia parte do quadro original. Numa sessão de slides, ele descobre também a existência de outra pintura de René Dalmann, que de certa forma inverte surrealisticamente o quadro que o cativava desde a infância. Quer dizer, os mesmos elementos, apenas invertidos, uma lagartixa gigantesca e uma menina diminuta...

Num momento grandioso da narrativa, logo no início, o garoto escolhe o quadro para descrevê-lo numa tarefa escolar, seguindo a orientação do professor que diz: "Quero que vocês descrevam o quadro tão bem a ponto de conseguirmos visualizá-lo durante a leitura." É isso que Schlink faz o tempo todo: trabalhando com a pintura numa obra literária, descortina um dos momentos históricos mais decisivos do século XX.

O mistério que envolve o quadro obriga o personagem a esconder a menina da arte debaixo da cama quando traz uma moça da realidade para dentro de seu quarto e se diverte com ela em cima da cama. Um dia, quando pensa mais a fundo no futuro, decide queimar a pintura e esquecer o passado. Envolve o quadro em folhas de jornais e no lençol manchado com o sangue realíssimo da moça menstruada com a qual havia acabado de dormir, vai até a praia e joga *A menina com a lagartixa* numa fogueira ancestral. Quando o quadro começa a pegar fogo, a conhecida tela salta da moldura e revela que há outra por baixo, a conhecida pintura degenerada *O lagarto e a menina*, que Dalmann escondera dos nazistas antes de fugir e era dada como desaparecida...

A queima do quadro significa a liberdade, a libertação do passado, e ainda parece insinuar que o pai o conseguira por vias ilícitas, já que o fato de o pintor ter escondido sua pintura grandiosa debaixo de uma versão mais trivial supõe a intenção de levá-la consigo na fuga. De quebra, a prova provada de que a realidade simples e limitada que vemos muitas vezes corresponde apenas a uma camada que encobre a real realidade, surreal e cheia de história, de verdade e de horror...

Sobre o Tradutor

Marcelo Backes é escritor, professor, tradutor e crítico literário. Mestre em Literatura Brasileira pela Universidade Federal do Rio Grande do Sul, doutorou-se aos 30 anos em Germanística e Romanística pela Universidade de Freiburg, na Alemanha.

Natural do interior de Campina das Missões, RS, Backes supervisionou a edição das obras de Karl Marx e Friedrich Engels pela Boitempo Editorial e colabora com diversos jornais e revistas do Brasil e da Alemanha. Backes já conferenciou nas Universidades de Viena, de Hamburgo e de Freiburg, em Berlim, Frankfurt e Leipzig, no Rio de Janeiro, em São Paulo, Fortaleza e Porto Alegre, entre outras cidades, debatendo temas das literaturas alemã e brasileira, da crítica literária e da tradução.

Backes é autor de *A arte do combate* (Boitempo Editorial, 2003) — uma espécie de história da literatura alemã focalizada na briga, no debate, no acinte e na sátira literária —, prefaciou e organizou mais de duas dezenas de livros e traduziu, na maior parte das vezes em edições comentadas, diversos clássicos alemães, entre eles obras de Goethe, Schiller, Heine, Marx, Kafka, Arthur Schnitzler e Bertolt Brecht; ultimamente, vem se ocupando também da literatura alemã contemporânea, e de autores como Ingo Schulze, Juli Zeh e Saša Stanišic, entre outros, que ele não apenas traduz, mas inclusive apresenta a editoras brasileiras, e depois prefacia e comenta em ensaios e aulas.

Entre 2003 e 2005, Marcelo Backes foi professor na Albert-Ludwigs-Universität em Freiburg, onde lecionou Teoria da Tradução e Literatura Brasileira. Atualmente leciona em instituições de excelência como a Casa do Saber e o Cultural EMERJ, dando cursos livres e fazendo curadorias literárias.

Sua tese de doutorado, sobre o poeta alemão Heinrich Heine (*Lazarus über sich selbst: Heinrich Heine als Essayist in Versen*) foi publicada em 2004, na Alemanha. Em 2006, Backes publicou *Estilhaços* (Editora Record), uma coletânea de aforismos e epigramas, sua terceira obra individual e sua primeira aventura no âmbito da ficção. Em 2007 publicou o romance *maisquememória* (Editora Record), no qual adentra livremente o terreno antigo da narrativa de viagens, renovando-a com um tom picaresco de recorte ácido e vezo contemporâneo. O romance teve os direitos comprados na República Tcheca pela prestigiosa editora Mladà Fronta. Backes também já foi publicado na França (ensaio), na Alemanha (tese e textos) e na Espanha (poema).

Este livro foi composto na tipologia Arrus BT,
em corpo 11,5/17, e impresso em papel
off-white 90g/m² no Sistema Cameron da
Divisão Gráfica da Distribuidora Record.